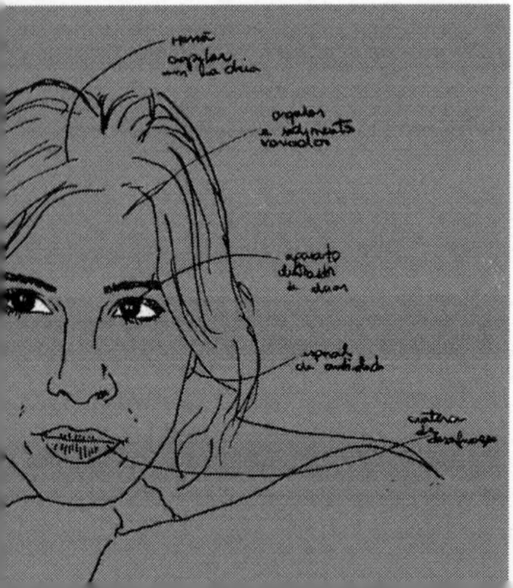

## luísa dalgalarrondo

é artista multidisciplinar e escritora, autora *de Aos meus desamores, com amor*, pela Editora Urutau (2019). Gostaria de ter ossos mais maleáveis e dedos mais longos. Está satisfeita com a consistência de seus dentes.

# ATLAS DE ANATOMIA IMAGINADA

luísa dalgalarrondo

**editora Urutau**
primeira edição
2022

O —

**editora Urutau**

avenida peirao besada, 6 – 2D
36163 poio-pontevedra
(espanha)

rua cajus, 478
jardim das cerejeiras, cotia — sp
brasil
06724-015

[+55] 11 94859 2426 [brasil]
[+34] 644 951 354 [galiza]

www.editoraurutau.com.br
contato@editoraurutau.com.br

[EDITORES]
tiago fabris rendelli & wladimir vaz
[COORDENAÇÃO DE REVISÃO]
debora ribeiro rendelli
[REVISÃO]
juliana palermo
[DIAGRAMAÇÃO]
victor h. azevedo
[CAPA]
colagem de victor h. azevedo



**dados internacionais de catalogação na publicação (CIP) de acordo com ISBD**

dalgalarrondo, luísa
D142a atlas de anatomia imaginada / luísa dalgalarrondo. — cotia : urutau, 2022.
116 p. ; 14cm x 19,5cm.

ISBN 978-65-5900-284-9

1. literatura brasileira. 2. poesia. I. título.

CDD 869.1
2022-1721 CDU 821.134.3(81)-1

elaborado por odilio hilario moreira junior - CRB-8/9949

sumário

[47] [eu já tive uma escavação no pulmão esquerdo]
[50] [quando todos esses ossos forem cremados pela terra]

## ANATOMIA MICROSCÓPICA

[53] colosso
[54] [crápula]
[55] [vinícola]
[56] [matemático]
[57] [salafrário]
[58] [ventríloquo]
[60] [quero romper]
[62] [tava meio hepática]
[63] [quando falo contigo]
[64] [carnaval]
[65] [pedi um suco gástrico]
[66] [a glabela]
[67] [duodeno]
[68] [tenho vergonha de falar em púbico]
[69] [leio]
[70] [serei bastante linfático]
[72] [tava de jejuno]
[73] [micróbio é bom]
[74] [beijo:]
[75] [meta fora]
[77] enxaqueca
[78] [ah, a miopia!]
[79] [como uma serviçal]

## ANATOMIA COMPARADA

[87] [me apresento aos teus pés]
[88] [em uma ínsula deserta]
[90] ri[s]o
[92] [incisiva]
[93] [carrego no dorso]

[94] [gula:]
[95] [num passe de mágica]
[97] [tá salva]
[98] [não finge]
[99] [tranquei a traqueia]
[100] [calma calma]
[102] [meu idílio]
[103] [pra me converter]
[104] [não vou dar uma]
[106] [não se conforme]
[107] [tu pode ser]
[108] [tem dia que pareço]
[109] [ao entrar]

# [apresentação]

Toda a nossa anatomia é imaginada. Se você, pessoa leitora, não é alguém com habilidades paranormais, posso afirmar que você nunca viu a sua coluna. Você pode ter sentido as saliências das vértebras com as pontas dos dedos, ter visto imagens em raios-x ou ressonâncias, e pode ser que alguém tenha de fato aberto as suas costas e observado a sua coluna, tocado ela diretamente com as mãos, mas ver mesmo, você não viu. Então quem é que pode garantir que a sua coluna não é toda prateada? Que em alguma vértebra não há um desenho rupestre ou o verso de uma canção? Aliás, quem garante que você tem mesmo uma coluna?

O *Atlas de Anatomia Imaginada* é parte de um projeto de investigação sobre algumas possíveis relações entre a imaginação e o corpo. A vastidão desses dois temas, articulados, inspirou elaborações em formato de tese em 2019, em forma de peça de teatro e, agora, de poesia e desenho.

Não é de hoje que a imaginação e os corpos vivem sendo sequestrados por forças violentas, opressivas e por vezes paralisantes, que insistem em empobrecer o contato com o corpo, em tornar rígida a imaginação. Este atlas é também uma busca de, através da poesia — em palavra ou traço —, abrir espaço para outras possibilidades de outras relações com o corpo: mais sensíveis, mais lúdicas, em uma tentativa de recuperar o corpo enquanto potência criativa, sensual e autônoma. Não há aqui uma presunção de ineditismo. Se a filosofia há muito tempo vem nos perguntando o que é ou o que pode um corpo, a arte me parece ser um lugar para criar possibilidades.

Neste atlas, em "Anatomia formal", a forma da palavra é que rege como se estrutura o corpo do poema — pois a palavra também é corpo. Já em "Anatomia sistêmica", as formas anatômicas mostram algumas possibilidades de relação e encadeamento de fluídos, pensamentos, glândulas e emoções — pois nós somos, também, corpo. Na sequência você encontrará "Anatomias microscópicas", que te desorientarão pelas estruturículas do corpo, células de poemas, cromossomos com mensagens cifradas e, dentro do possível, algum humor — pois o corpo também é riso. Finalmente, em "Anatomia comparada", o corpo toma formas mais extensas, por vezes autônomas e contrárias a nossa vontade — pois o corpo também é vivo.

Espero que este atlas seja de pouca utilidade e que lhes desoriente bem.

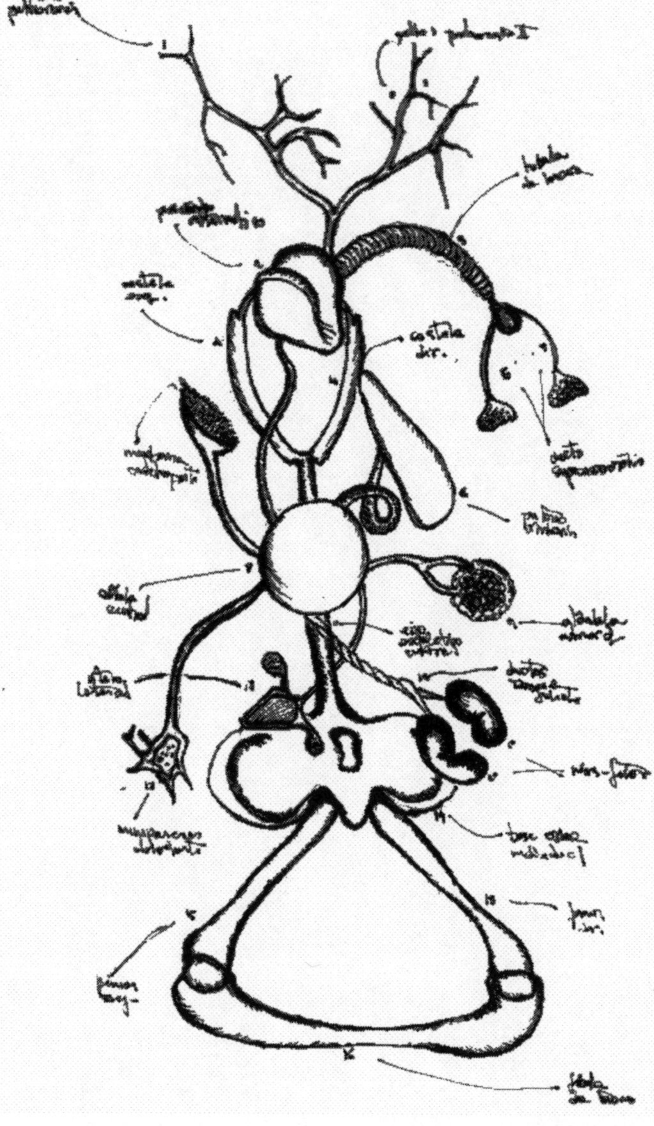
costela dir.

# ANATOMIA FORMAL

*

quero tocar na pele
dos teus órgãos
roer os ossos da tua bacia

mas você não se anima

tô pra invadir o teu hipotálamo
beber da tua corrente sanguínea

você me olha por cima

você sempre fora
do meu alcance
vou hackear teu DNA,
meu bem,
pra ver se consigo
uma chance

*

minha epiderme
cambia como cobra
mas não cobre verme

meu umbigo
é o derradeiro buraco
mas você não corre perigo

é puro caviar
o meu ovário
mas tu não tem paladar

não sou pro teu palato
pode fazer a amarração
que for
sendo tua, desato

*

te cortei da minha vida
cancelei a assinatura da tua *newsletter*
troquei a fechadura
pintei o cabelo
mudei de nome, endereço e tipo sanguíneo

você não vai acreditar
a cachorra da minha nova vizinha
é a tua cara
todo mundo no meu novo emprego
é teu fã
e a minha nova impressão digital
tem o exato desenho dos teus cabelos
no ralo do chuveiro

o caso é mesmo muito sério
é de cortar o córtex
estou amputando meus dedos
um por dia
para ver se numa dessas
me livro da tua alegria

*

eu te amo, amor
mas se você visse
a úvula da vizinha como viceja
me entenderia

eu te amo, amor
mas se você contemplasse
a têmpora do técnico da NET
como eu me tento
me aceitaria

eu te amo, amor
mas se você considerasse
a comissura
da comissária de bordo,
me perdoaria

amor,
para mim
cada úvula
é uma válvula
uma vulva
cada têmpora

um tempo
um tento
cada comissura
um começo
fissura

eu te amo, amor
deixa, amor?

*

para atravessar teu corpo com cuidado
calibrei toda cartilagem
lavei meus ossos
(alguns tive que deixar de molho)
inflei os músculos
forjei uma única célula de coragem
entre as costelas
hiperventilei meus alvéolos
e você, meu bem,
nem reparou

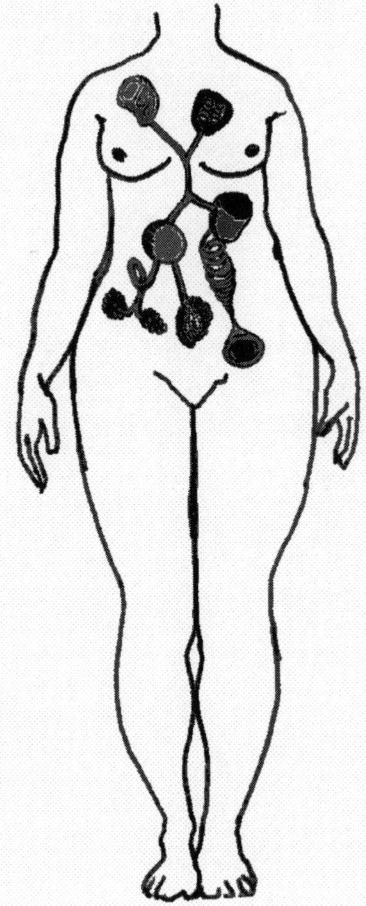

*

em fáscia dos últimos acontecimentos
sejamos holográficos!
alguma coisa acontece no meu miocárdio
que sussurra
morte vasta morte
se eu chamasse esternocleidomasteoide
não seria uma rima
nem uma solução

*

*mi corazón rotweiller*

em argentino
o coração não

bate,

mas

late

acho bonito
menos agressivo
mais expressivo

mas o meu
rosna um pouco
e, se chegar perto,
morde

*

o deltoide é um super-herói
desorientado
confunde esquerda com direita
bom com mau
não sabe como escrever
embaixo e
em cima

zigomático, seu colega
já tem outros problemas
ele se diz muito pragmático,
que não tem dilema
não tem muita paciência
pra conversa
e acha terapia uma bobagem

pra completar nosso trio
de salvadores do bem

tem o fórnice
se dá bem com todo mundo
tem horror a conflito e
sempre que solta um palavrão

prepara seu público
pede desculpas
ou solta uma risadinha

*

a raiz do meu dente
molar
é profunda
e desobediente
tem desejos próprios
e sangue quente
contrariada, segue crescendo
independente
quer perfurar
quer ser gente
estourar meu globo ocular
mastigar minha miopia
e ver o que se sente

*

tórax parece um produto de limpeza anatômico
um eletrodoméstico ou um automóvel
tórax com certeza é de *teflon*
antioxidável
antiaderente
com garantia estendida de 2 anos ou mais

eu que oxido facilmente
tenho aqui um peito
nos dias mais gentis, um colo
mas tórax mesmo nunca encontrei no espelho

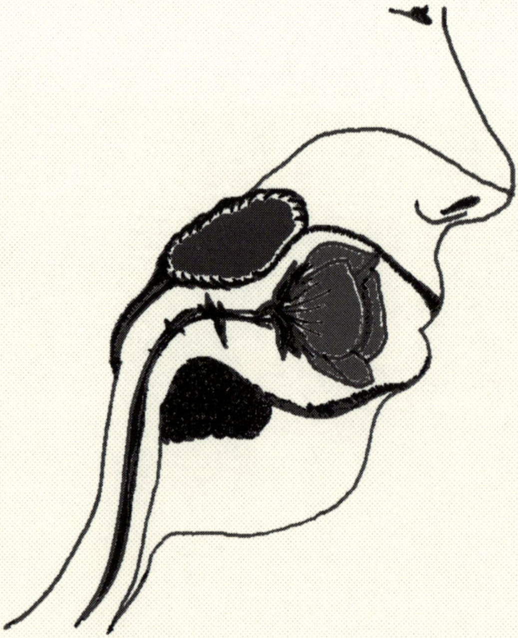

*

eu tento ser terna
mas minhas moléculas todas reviram os olhos
e bufam um pouco
a cada sandice que você profere

eu me esforço para ser gentil
mas cada partícula do meu ser quer rasgar
a pele do seu rosto com os dentes
cada vez que você me interrompe

acredito muito na empatia
mas as minhas mitocôndrias remontam
a toda uma linhagem de palavras sórdidas pra te responder
quando tu não me escuta

eu até quero ser doce
mas cada uma das
minhas células
é uma *natural killer, baby*

# ANATOMIA SISTÊMICA

*

mudança de rota:
na saída do miocárdio
dobre à esquerda em direção ao mesentério
contorne o ligamento redondo
na bifurcação
evite o retorno

(não olhe para trás
não olhe para dentro
não olhe para mim)

deixe esse corpo
que não te pertence
e desapareça
pelo esfíncter
e para o além

*

desiste de mim
elimina qualquer vestígio que possa me ressuscitar
qualquer mínimo vestígio que seja minha presença em potência
me tira do teu corpo
como quem
aborta

me ignore
torne meu nome proibido no seu círculo
faça minha silhueta invisível
só me narre no passado
como quem é
morta

esqueça completamente meu rosto
crie anedotas com outras personagens
sinta o tempo crescer tuas unhas
se reconheça sem meu contorno
como quem
acorda

ao perambular pelo meu bairro, porém
distraída

vai voltar a rondar minha casa
não vai pular mais aquela música
até perguntar mansa por mim
como quem
aborda

ao me reencontrar
vai sentir de leve circular um líquido dentro de ti
retomando um ritmo insuspeito
uma percussão anímica velha conhecida
vai lembrar
dos fluídos que movo
como quem
aorta

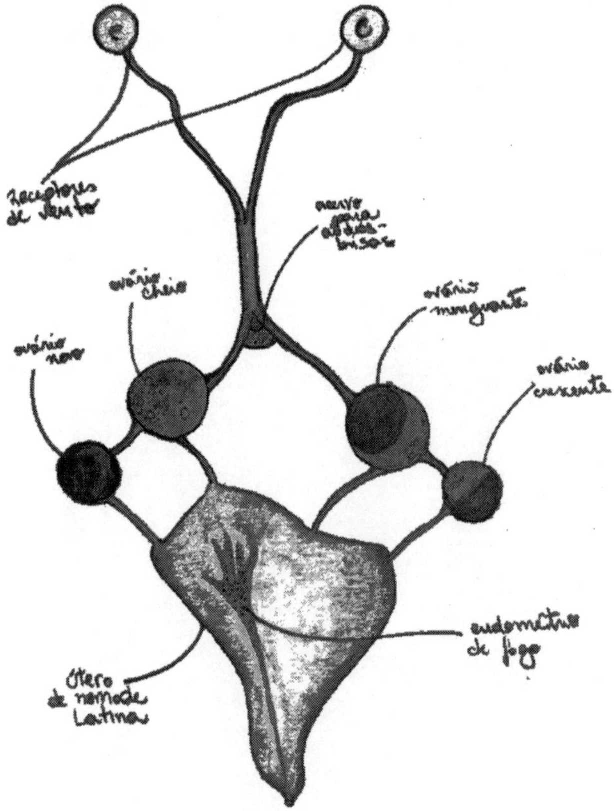

Receptores de vento
ovário cheio
ovário novo
ovário minguante
ovário crescente
endométrio de fogo

*

a mãe do corpo está cansada
cansada de ter que organizar
o tempo o espaço a dor

cansada
de todo sangue
de todo século
de todo corpo

a mãe do corpo está exausta
de fazer nascer suas crias
de fazer crescer suas crias
está, sobretudo, cansada de enterrar suas crias

a mãe do corpo está cansada de ouvir a palavra mãe
a mãe do corpo não suporta mais a palavra mãe
especialmente escutar a palavra sagrada deixa a mãe do corpo
tomada de uma fadiga ancestral

a mãe do corpo está exausta

a mãe do corpo sabe:
todo mundo tem útero,
mas nem todo mundo
sabe como usar

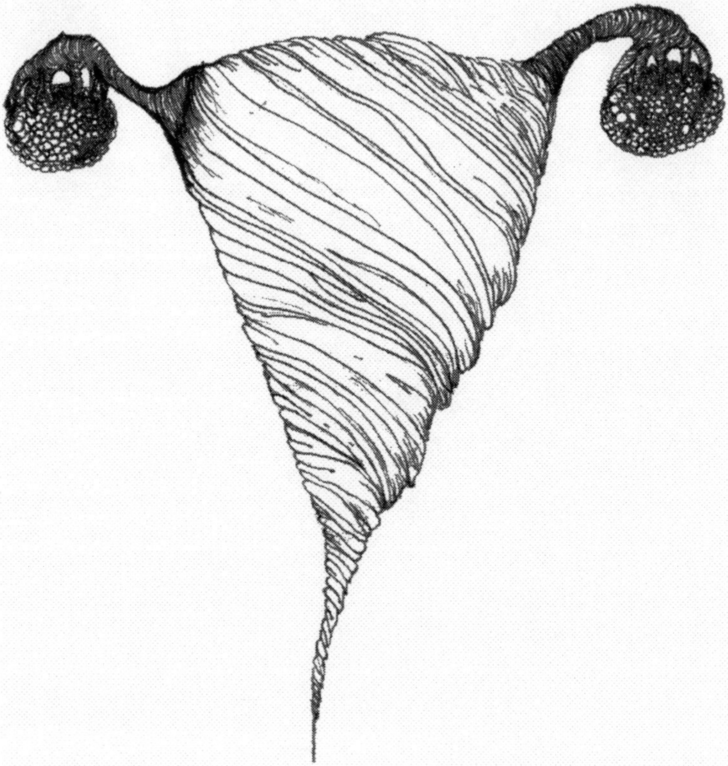

*

vou criar uma glândula
só pra você

ela atrasará a fúria
ela antecipará a fome
ela poderá pressentir o vento

transformará alguns órgãos em frutas
o coração será uma manga madura
o fígado obviamente será o figo
cada linfócito, uma uva

ela fará com que finalmente
suas clavículas entendam
que sempre foram asas
seus dentes presas
suas unhas garras

batizarei essa glândula
de hematopoiese
ou simplesmente a chamarei
pelo seu nome

*

um dia surgirão em você milhares de gânglios subcutâneos
absolutamente impossíveis de diagnosticar
quando finalmente você se acalmar
suas cartilagens vão derreter
e escorrerão espessas por suas narinas e ouvidos
você tapará todos seus buracos para impedir
e aí então seus globos oculares começarão um movimento de
[rotação infernal
um para a direita e outro para a esquerda
suas vértebras começarão a se chocar umas nas outras
fazendo um barulho ensurdecedor
e quando enfim pensar que a essa agonia
nada mais poderá se somar
cada músculo te fará lembrar
cada par de sapatos
enterrados na sua conta

*

meti desespero
pela goela
o ar começou a ficar muito rarefeito
é possível que esse ar tenha menos oxigênio que o normal?
perdi o ritmo
perdi a voz
perdi o charme
algo bem dentro parece ter acordado de mau humor
e se movimenta de uma forma nauseante
lembrar que a gente é feito de tripa nunca é bom
talvez o dentro
queira estar fora
talvez se eu deixar ir
cóclea aberta para o espaço
talvez aí sim eu me livre desse *feeling*
*I don't know* porque estou falando inglês
bom, saber eu sei
mas *I don't know*
talvez eu esteja dando pane
mas aí lembro
subitamente
eu lá sou máquina de dar pane?
eu lá sou máquina?

eu lá sou?
a verdade é que *I don't know*
então me sento
suspiro
e busco o telefone da psiquiatra

*

no princípio era o verbo
era língua cortando a carne para escrever
uma *parola* bruta
crua
navalha na coxa
escrevendo teu nome

no princípio era a paixão
tornando cada sílaba febril

mas no princípio mesmo
era a canção
era o monte kilimanjaro
*mi sono innamorato di te*
*it happens all the time*

no princípio era o fim

(quando eu enfim souber todas as línguas
te darei minha cabeça em uma bandeja de prata
te darei minha cabeça, uma bigorna e um martelo

e no entanto nesse momento
você só escutará o silêncio
pois só você
possui ossos do olvido
precisos para
captar somente
o tarantismo oculto
em cada pedra, coisa, ser)

*

é muito difícil esquecer alguém que tá vivo
e por isso a gente tenta

mas com quem tá morto
a gente não tenta nunca
tenho tua morte
tatuada na nuca

tem gente que até esquece
mas sem querer
eu mesma
lembro por puro reflexo
tua morte gravada aqui no plexo

a verdade é que parte de mim
jamais de fato assimila
não te encontrar mais
tua morte cravada na minha pupila

todo novembro
seus dois aniversários
faço festa imaginária pra você

meu peito nem dissimula
tenho tua morte fincada até a medula

*

criei um órgão pra você
calculei seu tamanho
pelo fêmur
e pressenti seu cheiro
pelo umbigo
me mostraram seus rins e eu não puder entender
e a verdade é que não pude entender quase nada de nada
por muito tempo
só parei de tentar quando
a sua cabeça encontrou a minha bacia
me atravessou
ossos
músculos
ideias
sua cabeça na minha bacia
abrindo uma cratera
expandindo dilatando
o tempo e o espaço
sua cabeça na minha mão
foi por alguns segundos
meio minuto, um minuto inteiro talvez
que eu tive sua cabeça na minha mão

você meio dentro meio fora
eu nunca tão fora
de mim
tão dentro dentro dentro
dentro do banheiro segurando
tua cabeça na minha mão
depois todo o resto saiu
você me olhou com uma cara de *whatafuck*
eu tremi inteira
tremi um 9 na escala *richter*
sua cabeça na minha mão
só nós duas no banheiro
meu metacarpo no seu occipital
no hospital
e era só nós duas
desde então
eu nunca mais
parei de tremer

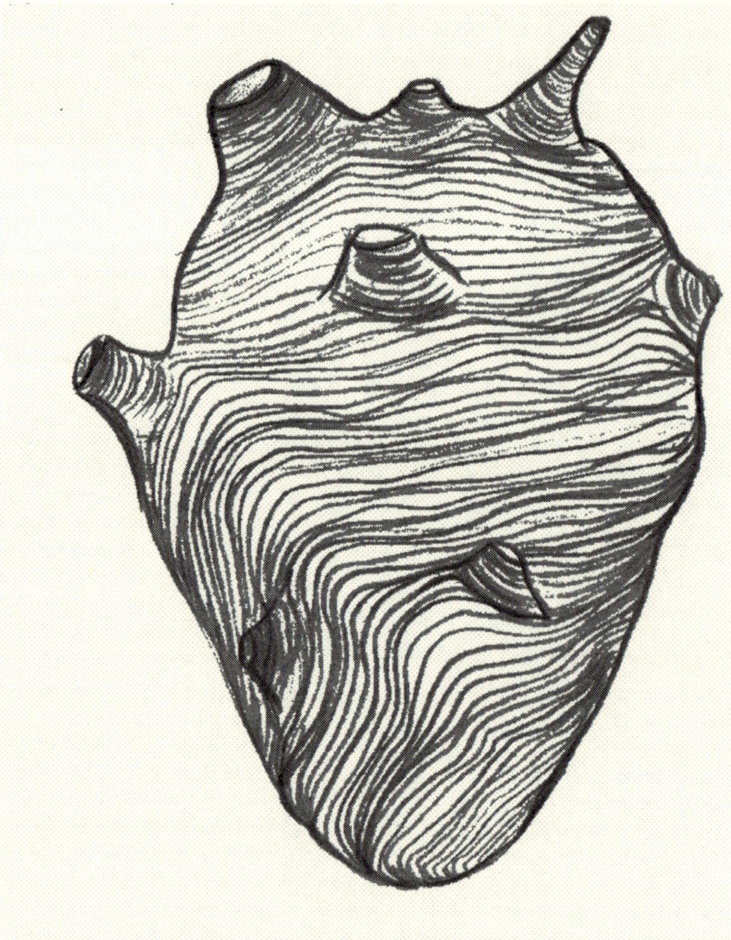

*

eu já tive uma escavação no pulmão esquerdo
e uma infiltração no direito
mas com você foi outra coisa.

pensei que era uma crise de pânico
uma arritmia cardíaca ou
só uma hipoglicemia mesmo
gases, sei lá
mas não
com você foi outra coisa

já te ocorreu algo assim?
parece cocaína
mas é só uma miopericardite aguda
dizem

um pré-infarto
como se os infartos precisassem de uma certa preparação
uma introdução a esse tema tão fascinante
que é bloquear o fluxo sanguíneo

aqui temos
o maternal dos infartos
o ginásio dos infartos e
finalmente
o pré-infarto

mas eu estou divagando
dei pra divagar agora
talvez seja apenas
outra sequela

o que ocorre é uma série de sintomas
você não tem tanta certeza se é bom ou ruim
parece ruim, mas de repente parece que
você consegue sentir cada um de seus pulsos
o ar entrando
e saindo
a urina se acumulando na bexiga
o movimento das unhas crescendo como garras
para fincar nessa inflamação toda

miopericardite aguda
*mio mio mio*
o desejo de ter
peri
perto
do *cuore*

aguda justo pra você
tão grave

e o mais grave
é que
contra todas as expectativas
minhas, suas e dos especialistas em pré-infarto envolvidos
a condição evoluiu
tomou conta de outros órgãos
nunca completou a formação em infartos e
sem poder dizer que se estabilizou
tornou-se
crônica
poema
prosa

(sabe, quando o Bandeira falou do tango argentino,
eu realmente
achei que era metafórico)

*

quando todos esses ossos forem cremados pela terra
haverá ainda musculatura?
haverá ainda semântica?
haverá ainda uma ação possível a ser realizada?
haverá vestígios dos ossos?
vestígios de todos
os crimes
lacrados
sob o credo
em um suposto deus
em uma suposta crise
serão os crânios ainda compostos por
um osso lacrimal a produzir água movente
um osso parietal capaz de
parir o tempo
um osso temporal feito
de somar as dores e os sismos
uma mandíbula capaz de
mastigar sementes
insistirão em colocar o crânio como mero objeto de um ser ou
[não ser?
quais serão os sítios arqueológicos do futuro?

quem será e deixará de ser
o ser
a cavar
e cravar
uma história que dê sentido a
esse amontoado
infindável de crânios?
e se
por um engano cruel
o encontro nunca acontecer
quando será a vez dos crânios fazerem as perguntas?

# ANATOMIA MICROSCÓPICA

## colosso

cola
seu osso
no meu

*

crápula
a minha crista ilíaca
não escápula de você

*

vinícola
me embriaguei
na sua clavícula

*

matemático
essa soma
de sintoma
acho meio
zigomático

*

salafrário
meu descoração
des
oxigena
surra ao contrário

*

ventríloquo
louco
virei
veículo
do meu
ventrículo

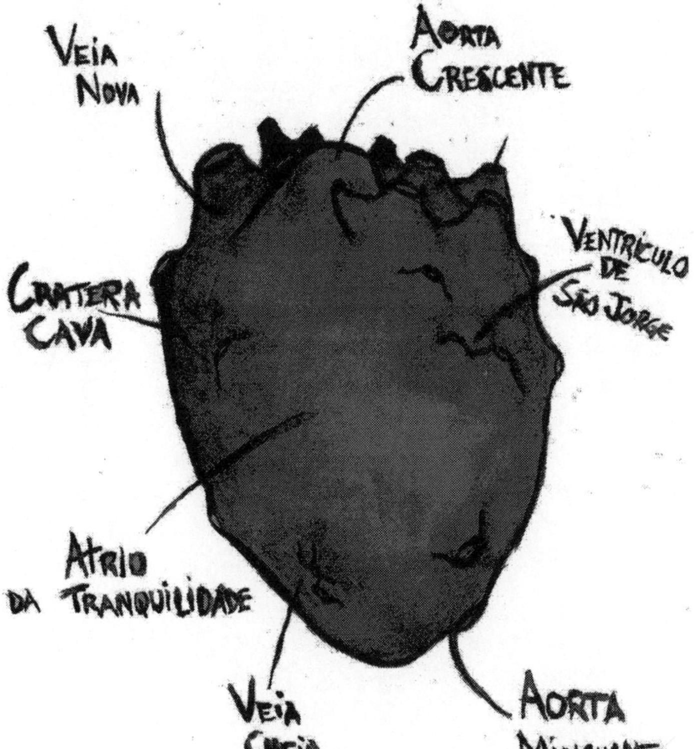
Veia Nova
Aorta Crescente
Ventrículo de São Jorge
Cratera Cava
Atrio da Tranquilidade
Veia Cheia
Aorta Minguante

*

quero romper
meu ligamento contigo
perdão
mas acabou
o tendão

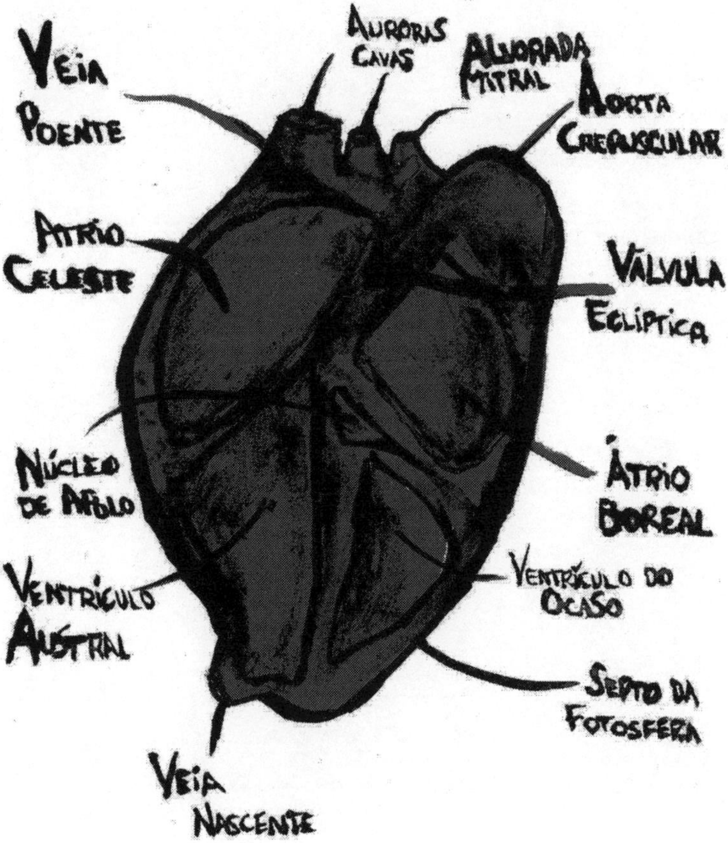
Veia Poente
Auroras Cavas
Alvorada Mitral
Aorta Crepuscular
Átrio Celeste
Válvula Eclíptica
Núcleo de Apolo
Átrio Boreal
Ventrículo Austral
Ventrículo do Ocaso
Septo da Fotosfera
Veia Nascente

*

tava meio hepática
você me deu bola
(você é a tal)
fiquei suprarrenal

*

quando falo contigo
não sei se grito ou afago
cada um dos meus nervos
é bastante vago

*

carnaval
cada molécula
se embriaga
vira pinguécula

*

pedi um suco gástrico
só tinha líquido amniótico
tava um tanto ácido

deram o troco em bile

*

a glabela
se gaba
de ser muito bela
(mas ninguém
lhe dá bola)

*

duodeno
duvideodó
tu mastigar
veneno

*

tenho vergonha de falar em púbico

*

leio
no
lóbulo
a
fábula
do
seio

*

serei bastante linfático
na melhor das hipófises
ísquio que vivemos
forame um erro lunático

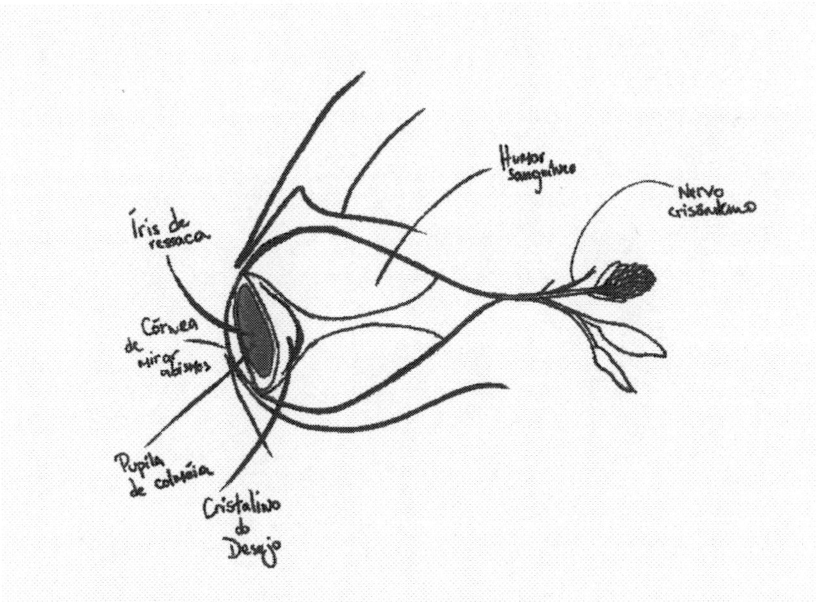
Íris de ressaca
Córnea de mirar abismos
Pupila de colméia
Cristalino do Desejo
Humor sanguíneo
Nervo crisântemo

*

tava de jejuno
tomei ureter
fiquei próstata
(e poliglota)
— *fue solo uno*
em geral, sou cateter

*

micróbio é bom
de dar neura
cada vez que
te toco
me dá
uma paúra
da pleura

*

beijo:
trêmulo
pra te faturar
fraturei
o frênulo

*

meta fora
meta carpo
meta tarso
meta tudo
meta mesmo

só não se meta comigo

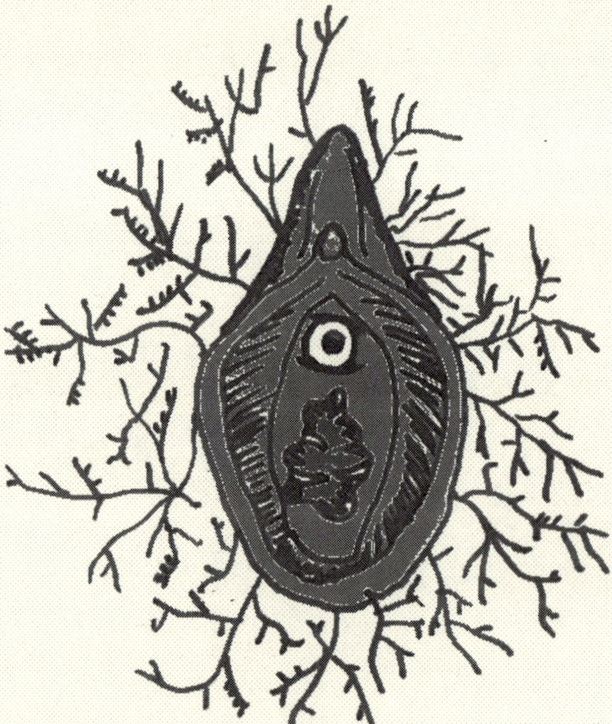

## enxaqueca

minha psicanalista
num tom maléfico
disse que a dor de vista
é bem típica
da fase cefálica

*

ah, a miopia!
fui córnea
com a minha própria pupila
tava cristalino
todo mundo viu
só eu não via

*

como uma serviçal
ofereço a minha cabeça
com a cervical
para que você me esqueça

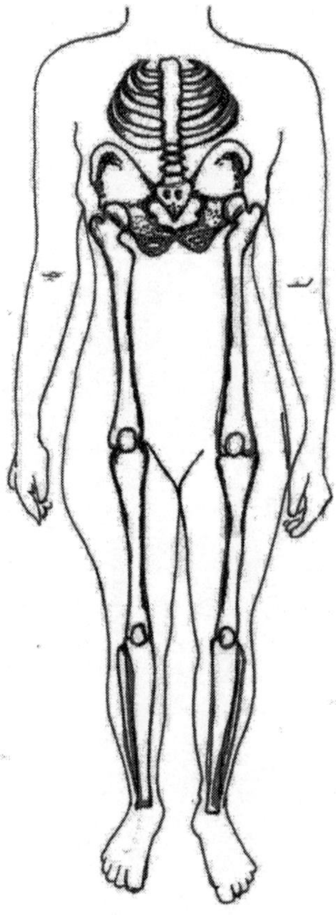

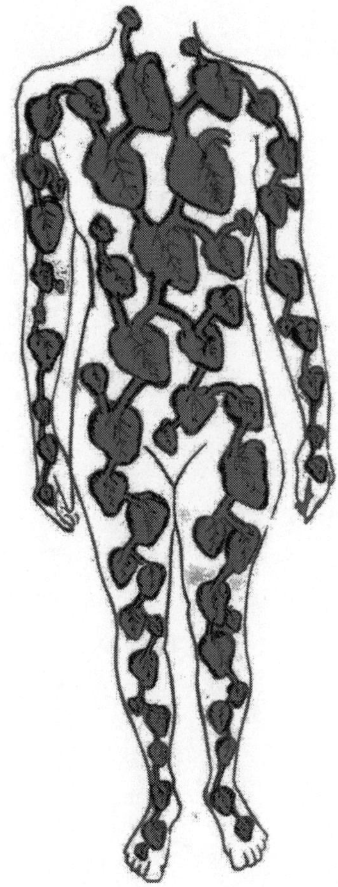

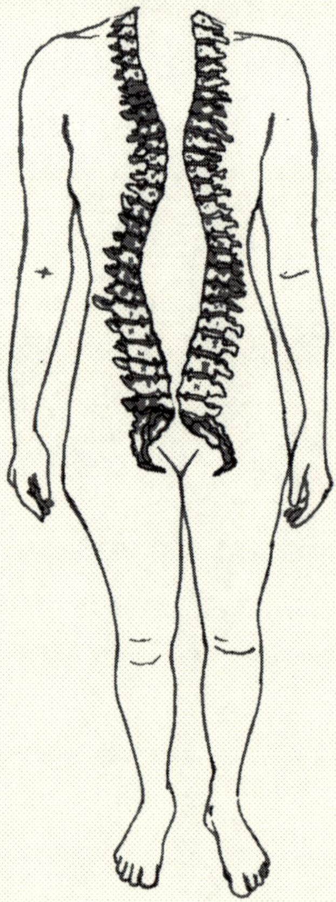

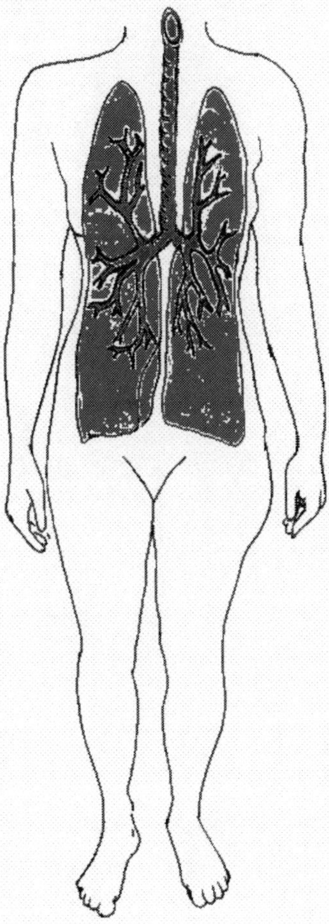

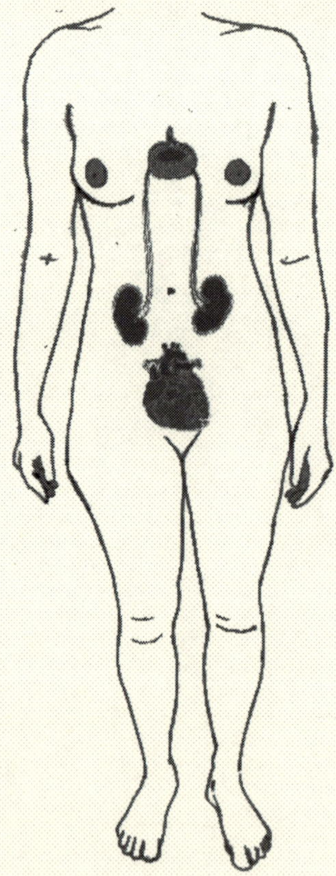

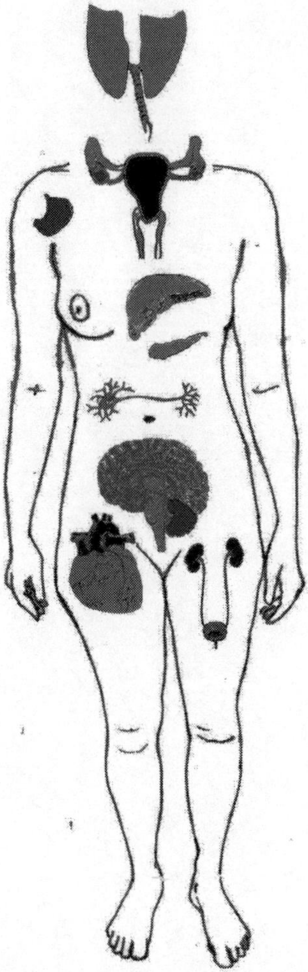

ANATOMIA COMPARADA

*

me apresento aos teus pés
escalo tua panturrilha
me perco um pouco nas tuas coxas
encontro teu púbis:
minha doce guerrilha

*

em uma ínsula deserta
observo o céu da sua boca
me sinto plena placenta
miro na tua língua
a saliva
linda
como o mar

arrebenta

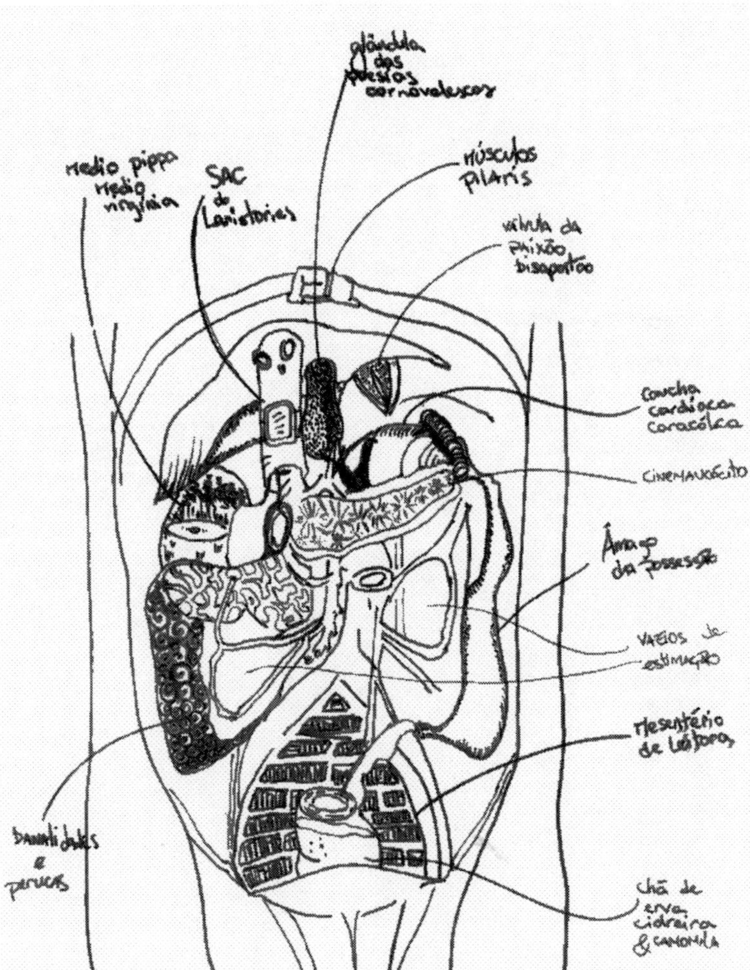

glândula
das
paixões
carnavalescas
músculos
pilaris
SAC
de
válvula da
paixão
concha
cardíaca
caracólica
vazios de
estimação
mesentério
de leitoras
banalidades
e
perucas
chá de
erva
cidreira
& camomila

## ri[s]o

a casa
sala-
rio
de todas as promessas
que não paguei

o pescoço
escápula-
rio
de todos os santos pra quem rezei

a mão
inventá-
rio
de todos os pontos em que te toquei

a cabeça
escritó-
rio
de todas mensagens que apaguei

a púbis
santuá-

rio
de todas as vezes que
gozei

o pé
destinatá-
rio
de todos caminhos que desviei

o coração
obituá-
rio
de todas as vezes que te matei

*

incisiva
abocanho
e corto
canina
afiada
feita para rasgar
não ladro
só mordo
posso até mesmo ser
molar
moer
massacrar
triturar
só não tenho siso
para contemplar
seus pedaços
tua massa mastigada
nos meus dentes
é só riso

*

carrego no dorso
um urso
que chamo remorso
me torço
me esforço
mas não me livro
desse troço

*

gula:
engole
logo
o jogo
e joga
tua jugular
na minha
glote

*

num passe de mágica
sumir muito cênica
escapar esofágica
com força esplênica

conectar-me paracólica
ao próprio peritônio
fundir-me melancólica
à camada de ozônio

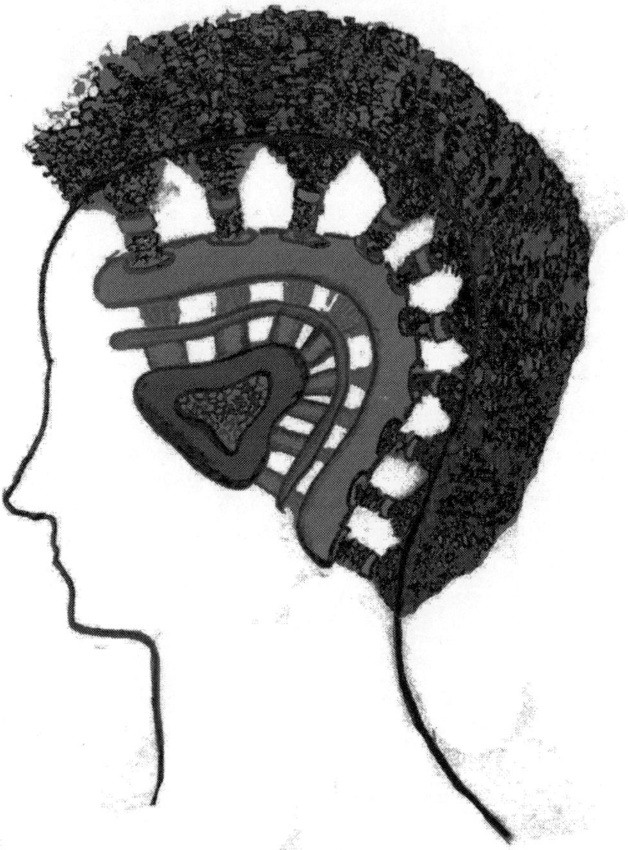

*

tá salva
a tua pelve
na relva
da minha vulva
que é selva
e uiva:
*vuelva!*

*

não finge
você tá de olho
na minha meninge
não vacila
você tá de língua
na minha papila
não dá uma de
joão sem baço
você tá de queixo
no meu marcapasso

*

tranquei a traqueia
perdi o traquejo
transei uma ideia:
troquei de desejo

*

calma calma
fé no fêmur
paixão não pega
por osmose
não é amor
é só virose

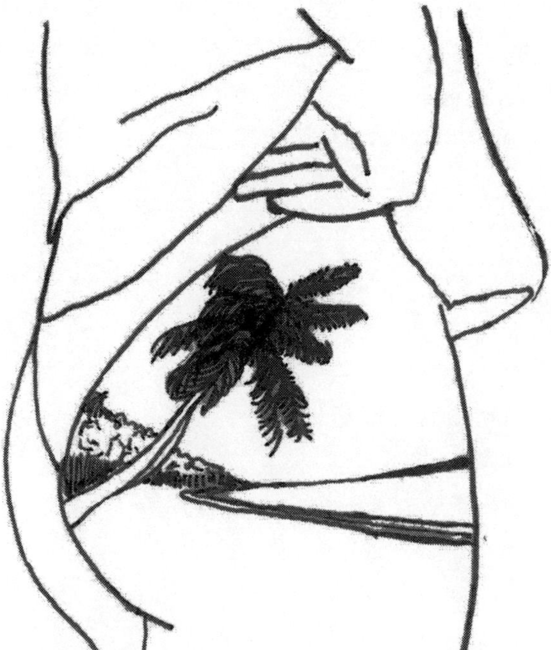

*

meu idílio
viver numa ilha
fazer promessa com teu cílio

meu idílio
andar maltrapilha
vestida só com teu brilho

meu idílio
sonhar com uma pilha
de roupa dobrada
do nosso filho

*

pra me converter
não gaste
teu pouco quiasma
não fiz crisma
não sei bem dizer
o que é quaresma
não sou feita de crer
só acredito mesmo
em fantasma

*

não vou dar uma
de crista
ilíaca
nunca fui de oferecer
a outra fáscia

sempre atirei
a primeira
pedra
(mirei na vesícula
e errei muito)

não entendo nada
de cíngulo
na água
afundo

nas festas
não sou divertículo
e acabo
com o vinho

e por fim
se me matarem
protesto muito
mas morro

*

não se conforme
se por bem
ou por mal
te trocanter
por um
anjo ilíaco
todo piriforme
(é muito sacral)

*

tu pode ser
sicrano
fulano
beltrano
de tal

eu
não

com água até o pescoço
eu sou tutano
tô sempre
no fundo do osso

*

tem dia que pareço
não fazer sinapse

olho pro sol
perdi o eclipse
olho pro céu
perdi a elipse

olho meu rosto
puro colapso
olho pro seu
futuro relapso

tem dia que sou livro
hoje tô só a sinopse

*

ao entrar
não cerre a mandíbula
não desvie o olhar
aqui dentro é isso mesmo
sangue fezes ar
gozo gases ranho
urina suor gordura
pus
é lindo
mas de um jeito estranho
espero que não pinte
um asco brutal
lembre-se
você disse
que gostava de mim
assim
bem visceral

■ primeira edição
■ junho de 2022